# SUR L'ÉMANCIPATION

## DE

# SAINT-DOMINGUE.

LE NORMANT FILS, IMPRIMEUR DU ROI,
rue de Seine, n. 8.

# SUR L'ÉMANCIPATION

## DE

# SAINT-DOMINGUE;

## PAR M. COUSTELIN.

**PARIS.**

LE NORMANT PÈRE, LIBRAIRE,
RUE DE SEINE, N° 8, F. S. G.

1825.

# SUR L'ÉMANCIPATION

## DE

# SAINT-DOMINGUE.

L'ÉMANCIPATION de Saint-Domingue vient d'être remise à l'ordre du jour, et les partisans des révolutions s'agitent en tout sens pour en faire triompher les principes : ils redoublent leurs fallacieuses déclamations afin de pousser le ministère à cet acte immoral et désastreux. Si l'âme toute royale de Charles X ne s'interpose entre le génie infernal qui nous entraîne vers l'abîme, c'en est fait; le malheur sera consommé.

Par quelle fatalité faut-il qu'il se trouve des

hommes dont la raison et la fierté ne se sou-
lèvent pas d'indignation à l'idée d'une aussi
monstrueuse transaction? Quelle philantropie
mal entendue! commanderoit-elle l'abnéga-
tion de tout sentiment d'intérêt et d'honneur
national? Ne sauroit-on être compatissant
pour les nègres qu'en légitimant la révolte,
le meurtre et la spoliation? N'y a-t-il que les
assassins qui doivent avoir part à l'humanité,
les victimes en sont-elles exclues, la société
ne peut-elle réclamer cette impartiale équité,
qui est la première condition de son exis-
tence?

Tout en condamnant l'insurrection des
Grecs, j'ai fait constamment des vœux pour
leur bonheur. Plût à Dieu que tous ceux qui
se disent également leurs amis les eussent
conseillés de solliciter la médiation des puissances européennes, à l'effet de leur obtenir
des concessions qui auroient mis leur personne et leur fortune à l'abri de la tyrannie
musulmane, en les rendant simplement tribu-
taires de la Porte. Malgré les brillantes illu-
sions dont on les berce, plus tard ils senti-
ront que c'étoit l'unique voie pour éviter leur
destruction.

J'ai demandé aussi que le cabinet français

amenât l'Espagne à reconnoître la séparation de ses colonies du sud de l'Amérique , moyennant des avantages qu'elle se seroit réservés. L'impossibilité où elle est de les reconquérir, autant que le besoin de conserver celles qui lui restent et d'arranger ses affaires intérieures, lui prescrivent ce pénible sacrifice. D'ailleurs, les Grecs et les Américains, en se révoltant contre leurs vainqueurs, ne faisoient que revendiquer le patrimoine de leurs ancêtres ; mais les nègres, qu'ont-ils à prétendre sur le sol et sur la souveraineté de Saint-Domingue? Légalement vendus et achetés d'après les usages de leur pays et les lois françaises alors en vigueur , ils furent transportés dans cette île pour y cultiver nos propriétés. On invoque en leur faveur l'autorité du droit naturel , comme s'il n'étoit pas anéanti, ou au moins modifié par les conventions que les hommes stipulent entre eux, aussitôt qu'ils se réunissent en corps de société. N'agiroit-il pas en vertu de ce prétendu droit, celui qui déroberoit à autrui tout ce qui lui seroit nécessaire pour son usage particulier? Cependant les tribunaux l'en puniroient sévèrement.

Il a toujours été admis en principe de législation que l'état d'esclavage excluoit la faculté de posséder en propre. Les nègres, en employant la puissance du nombre pour égorger et dépouiller leurs maîtres, n'ont pu s'attribuer un droit, attendu que la force ne le constitue pas; elle procure seulement la possession aussi long-temps qu'on l'a pour soi.

Si les mœurs actuelles et les circonstances ont rendu indispensable que les anciens colons abandonnent leurs prétentions sur la personne des nègres, que le gouvernement les engage à prononcer leur affranchissement; après il concédera, s'il le juge convenable, des terres, des emplois, des dignités, à ceux qui ont pu le mériter par leurs services passés et par ceux qu'ils seroient en position de rendre à l'avenir; tout le monde applaudira à cet acte de bienfaisance. Mais par quel renversement de toute idée de justice et de saine politique leur reconnoîtroit-on la pleine et entière jouissance des propriétés appartenant à nos compatriotes, ainsi que la possession légitime de la souveraineté au détriment du Roi de France? Que l'on réfléchisse que cette mesure entraînera inévitablement la perte de nos autres colonies. En attendant que l'événement vienne justifier ma prédiction, il faudra redoubler de rigueur envers les habitans de ces îles, ce qui contribuera à accélérer le moment de l'explosion générale.

Eh! qui pourroit désormais arrêter les perturbateurs du repos public, quand les droits de la sédition, de l'assassinat et de la spoliation sont reconnus, sanctionnés? Que l'exemple vous serve de leçon, révolutionnaires de toutes les époques et de tous les pays! Seulement prenez bien vos mesures, *travaillez en grand*, ne soyez ni perfides ni cruels à demi. Telle est la conséquence des doctrines que les ministres du Roi se sont appliqués à faire prédominer; partout la félonie et le crime triomphent, partout la vertu et la fidélité sont proscrites; d'un côté tout est profit, de l'autre tout est préjudice.

Où est donc cette susceptibilité nationale de certains hommes qui crioient comme des forcenés lorsque les armées coalisées nous enlevoient par la force quelques objets d'art que nous leur avions ravis par la force? Ces pertes pouvoient nous être vivement sensibles, mais l'honneur national étoit intact. Des furibonds hypocrites qui ont considéré l'Europe entière comme trop peu de chose pour la valeur française, veulent aujourd'hui que nous reculions devant une poignée de rebelles; ils pleuroient sur l'honneur national pour la restitution de tableaux, et se réjouissent du démembrement de la France ; ils pressent la conclusion d'un traité qui nous rendra la risée des peuples, et le mépris de ceux qui furent nos esclaves. Ne seroit-il pas temps que tous les enfans de la même patrie se réunissent d'opinion et de vœux sur une question qui touche si immédiatement à notre prospérité future ? Est-ce en entretenant nos divisions que nous parviendrons à effacer les traces de nos guerres civiles, et à vaincre les difficultés qui entravent notre commerce ?

L'opportunité de nous précipiter dans une démarche aussi honteuse n'existe point ; en restant dans le *in statu quo*, on se donne le loisir de bien apprécier la facilité ou le danger d'une expédition militaire à Saint-Domingue. La différence de couleur qu'il y a parmi les habitans, la part des faveurs que la minorité s'est faite, sont des levains de mésintelligence qui finiront par éclater, et forceront un parti, peut-être tous les deux ensemble, à venir se jeter dans nos bras. Il y a tout à gagner d'attendre, et tout à perdre de se presser.

Il faut bien se persuader que c'est un

leurre ridicule, que les 150 millions promis aux victimes que les nègres ont dépouillées ; ils n'auront jamais la faculté ni la volonté de les payer ; leur apathie, leur manque d'aptitude au travail, ne sauroient fournir au gouvernement un revenu capable de pourvoir à l'entretien de l'armée qu'il doit tenir sur pied, afin de contenir dans l'obéissance la couleur la plus nombreuse et la moins favorisée, de même que pour subvenir à ses autres besoins. De plus, si Boyer a pu réduire la France à faire l'abandon de ses justes prétentions, comment supposer qu'il ne se croira point assez fort pour s'affranchir impunément de la redevance qu'il auroit dû s'imposer ? Je conçois que s'il contractoit l'obligation de compter les 150 millions d'une seule fois, il seroit possible qu'une somme aussi majeure nous fît recourir à la voie des armes pour le contraindre à tenir ses engagemens ; mais ce ne seroit que par des paiemens annuels que l'indemnité promise devroit s'acquitter ; or, j'ai l'intime conviction qu'à peine arrivé au troisième à-compte exigible, la liquidation éprouveroit du retard. D'un côté on adresseroit des plaintes, de l'autre on feroit des réponses évasives ; le temps s'écouleroit, et l'année suivante le fardeau étant devenu plus lourd, le président emploieroit l'expédient très-commode de s'en débarraser tout-à-fait en ne donnant plus une obole. Il n'y a que le premier pas qui coûte, et en fait de loyauté les meneurs d'Haïti n'y regardent pas de si près. (*)

Nous venons de faire remarquer que les malheureux colons ne doivent point compter sur le dédommagement qui leur seroit promis, que ce n'est là qu'une pitoyable supercherie. Il est probable que M. de Villèle ne s'y trompe point; mais, engagé dans sa funeste loi de conversion, il cherche à capter les bonnes grâces des négocians qui ont beaucoup d'influence, dans l'intention de s'en faire un appui. Je crains que ceux ci, aveuglés par l'esprit de parti dont ils se laissent circonvenir, ne se prêtent au succès d'une mesure qui, loin de ranimer notre commerce, lui ravira l'espérance de se relever jamais.

Nos affaires, avec cette colonie, seront nulles. Les nègres consomment peu, et le sol pourvoit amplement à leur nourriture. Les Anglais étant en possession de leur vendre ce qui leur manque, en continueront le monopole, pouvant fournir à meilleur marché que nous. D'ailleurs, les Haïtiens conserveront pour les Français cette antipathie qui naît des offenses que l'on a faites à autrui et qu'on ne pardonne jamais. Nous n'irions donc à Saint-Domingue que pour y laisser notre numéraire, être témoins des distinctions que nos rivaux y recevroient, des avantages qu'ils retireroient et recueillir le prix bien mérité de notre honte. Les Français, qui peuvent à plusieurs titres avoir quelque fierté nationale, s'y verroient sans cesse molestés par des êtres auxquels ils doivent se croire supérieurs; on verroit continuellement notre chargé d'affaires dans ce pays, aller faire ses humbles courbettes dans les antichambres de LL. EExc. le duc de *Limonade* et le comte de *Marmelade*, pour solliciter justice des insultes faites à nos compatriotes, lesquelles Excellences se donneroient le plaisir de le faire revenir vingt fois pour le même objet, et il n'obtiendroit en définitive qu'une partie de la réparation qu'il seroit en droit d'espérer.

Les Haïtiens ne viendroient guère chez nous, à moins que ce ne fût pour nous apostropher en face, et nous dire par un sourire sardonique : Jadis nous n'étions reçus ici que pour vous servir, à présent nous vous visitons en seigneurs et suzerains , car nous nous passons de vos récoltes, tandis qu'il n'est pas de bassesses que vous ne fassiez pour avoir des nôtres ; et , si l'indignation excédée vouloit enfin châtier tant d'insolence , on auroit peut-être la douleur de voir des Français prendre fait et cause pour les Africains dont les mains seroient encore stigmatisées du fer de l'esclavage.

Notre commerce ne pourra sortir de l'état précaire où il languit, et dans lequel il s'enfoncera de plus en plus , qu'en lui donnant des bases larges et solides. La possession de Saint-Domingue peut seule nous en procurer les moyens.

C'est une crainte bien frivole qu'on cherche à nous inspirer sur les dangers d'une expédition dans cette île. L'exemple des généraux Leclerc et Rochambeau ne prouve pas plus que celui de Napoléon en Espagne. J'entends renouveler en faveur des rebelles d'Haïti les mêmes jactances que pour ceux de Naples et de Madrid, cependant il a suffi de marcher à eux pour les faire rentrer dans le néant ; et, dans leur fuite, ces fanfarons séditieux ont démontré ce qu'on doit attendre de leurs dignes confrères d'outre-mer.

A l'époque que nous fîmes cette expédition, les nègres étoient encore dans le délire de la fièvre révolutionnaire; maintenant les esprits ont eu le temps de se calmer, et de voir que les changemens dont on leur promettoit tant de merveilles, n'ont profité qu'à quelques individus, qu'au lieu de travailler pour des blancs qui, du moins, leur imprimoient du respect, ils servent des maîtres farouches qui naguère étoient leurs égaux. Notre gouvernement, éphémère d'abord, de même que ceux qui le dirigeoient, leur causoient de la défiance; mais quand des envoyés du roi de France, de Charles X, se présenteront en son nom, pour leur annoncer qu'il daigne les admettre au rang de ses sujets et les faire également participer à ses augustes bontés, ils voleront aussitôt s'enrôler sous ses royales bannières, et nos guerriers n'auront à tirer le glaive que pour arrêter la fureur du peuple contre les misérables qui l'oppriment.

Quoique des faits récens, d'accord avec le simple bon sens, justifient complètement mes conjectures, j'ai peu d'espoir que nos hommes d'Etat résistent à l'occasion qui leur est offerte de commettre une grande faute (l'expression est douce); c'est leur sort, ils ne

sauroient y échapper. Il est très-malheureux
que, dans cette conjoncture, les cabinets du
Nord ne soient point appelés à délibérer sur
nos affaires ; ils nous auroient sauvés.

Saint-Domingue rentré sous le sceptre des
Bourbons formeroit une vice-royauté consi-
dérable. Par le mode d'administration que
nous y introduirions, les nègres contracte-
roient l'habitude du travail ; ils y seroient
encore stimulés par le désir d'égaler les Français qui iroient s'y établir, et dont on facili-
teroit la transmigration ; sa population aug-
menteroit à vue d'œil, et son industrieuse
activité ne tarderoit pas à se communiquer
à nos autres colonies.

Le commerce de Saint-Domingue nous
mettroit dans le cas d'entretenir une marine
imposante dans ces parages ; nos vaisseaux
ne pourriroient plus dans nos ports, ou n'en
sortiroient que pour recevoir des destinations
utiles, et les marins s'instruiroient, en voya-
geant, dans l'art si difficile de la navigation.
Nos escadres trouveroient à s'abriter, se ra-
vitailler et rafraîchir leurs vivres au Cap-
Français et au Port-au-Prince ; de là elles
couvriroient la mer qui baigne les rivages de
la Martinique et de la Guadeloupe, inspire-

roient un effroi salutaire aux factieux qui oseroient tramer le complot de soustraire ces îles à notre domination ; enfin elles protége- roient les entreprises commerciales qui par- tiront ultérieurement de France pour les États du sud de l'Amérique. Alors, seule- ment alors, nos relations avec les Antilles et le Nouveau-Monde nous seroient profitables.

Il est naturel que les Anglais, redoutant de voir s'élever en France un ministère qui, étant composé d'hommes à talens et animés de l'amour du bien public, mettroit ce projet à exécution, cherchent à finir cet état de perplexité, en pressant l'œuvre de l'émanci- pation de Saint-Domingue ; étant bien con- vaincus d'ailleurs qu'ils n'en feront ni plus ni moins tout le commerce de cette colonie ; mais ce sera en toute liberté, et avec la cer- titude que nous ne pourrons plus jamais leur porter ombrage.

Si les négocians français veulent, sans pré- vention, sans esprit de parti, fixer leur opi- nion à cet égard, je les prie de lire l'article qui a paru ces jours derniers dans un journal de Londres : au violent désir qu'il manifeste de voir conclure cette affaire, ils jugeront combien nos rivaux y sont intéressés. Je pense

bien que cet article a été envoyé de Paris ;
mais quelque somme qu'on ait donnée aux
propriétaires dudit journal, ils n'auroient jamais consenti à l'y insérer, s'il eût tendu à
quelque chose d'avantageux pour notre commerce. Je ne puis les en blâmer ; si j'avois de
l'influence dans mon pays, à coup sûr je ne
m'en servirois pas pour coopérer à les enri-
chir. Il en est de même de la traite ; l'Angleterre l'a trouvée une fort bonne chose, tant
qu'elle n'a été utile qu'à elle seule ; dès qu'elle
a cru pouvoir s'en passer, en suivant un
système qui, pour être différent, ne la con-
duit pas moins au même but, on l'a vue se
démener de corps et d'âme pour la faire
abolir chez les nations qui n'avoient pas d'autres moyens de conserver leurs colonies flo-
rissantes. Il lui a été d'autant plus facile de
réussir en France, qu'il y a un parti qui, sous
le prétexte spécieux de liberté et d'humanité,
vise constamment à tout bouleverser ; et,
malheureusement, il trouve toujours des
dupes disposées à se laisser séduire.

Si l'on veut apprécier à sa juste valeur la
libérale philanthropie des citoyens d'Albion,
on peut jeter les yeux sur le grotesque en-
rôlement des nègres qu'ils enrégimentent, et

envoient ensuite défricher des terres, exploiter des mines, activer leurs raffineries, etc.... On peut se rappeler l'équité et la douceur des procédés qu'ils ont employés, et dont ils n'abandonnent pas l'usage, pour s'impatroniser dans l'Inde.

Puisque la légitimité est venue amortir le volcan révolutionnaire qui nous minoit, il faudroit se décider à agir par nous-mêmes, faire servir nos ressources et notre force au développement de notre prospérité, sans nous traîner à la suite de nos rivaux, ne voir que par leurs yeux, et suivre aveuglément l'impulsion qu'ils veulent nous donner. Est-il si difficile de comprendre que notre fortune, reposant presque sur les mêmes bases, pour la conserver ou l'étendre, nous devons immanquablement nous rencontrer à chaque pas sur le chemin qu'ils parcourent? Faisons donc en sorte qu'ils soient contraints de nous y laisser un libre passage.

Les défenseurs du ministère, pour excuser son incapacité et sa coupable indolence, répètent jusqu'à satiété que les bornes resserrées de l'Angleterre et la stérilité du terrain la mettent plus que nous dans la nécessité d'avoir recours au commerce. En admettant qu'une

partie de cette assertion soit vraie, il n'en de-
meure pas moins constant qu'il nous est également devenu indispensable; et, de la manière
qu'on s'y prend, nous n'en aurons bientôt
plus du tout.

L'influence que l'Angleterre vient d'obtenir
sur le cabinet de Lisbonne la conduira infail-
liblement à maîtriser celui de Madrid; ce
n'est pas que j'en augure rien que de très-
heureux pour ces pays; mais j'aurois souhaité
que nous eussions pris sa place dans cette
occurrence; nous ne serions pas condamnés
à la voir nous enlacer de si près dans ses
vastes filets, au point qu'avant peu, il nous
sera impossible de nous mouvoir sans son bon
plaisir, et que tout notre trafic se bornera à
à la vente des huiles et des vins qu'elle daï-
gnera nous acheter; nous serons vis-à-vis
d'elle exactement dans la position des puissances du troisième ordre. Voilà le destin que
nous prépare un ministère qui marche à
notre ruine avec une persévérance et une au-
dace qui ne peuvent se concevoir que par
l'ignoble stupidité de ceux qui le soutiennent.

On m'a assuré que le projet que j'ai indiqué
de faire consentir l'Espagne à partager ses
possessions d'Amérique ( en s'en réservant

une portion) entre les grandes puissances de l'Europe, qui en formeroient des royaumes indépendans, gouvernés par des princes de leurs maisons souveraines, n'avoit pas été goûté. J'en suis extrêmement fâché, car il me sourioit beaucoup, et me paroissoit d'un avantage incalculable. L'Ancien-Monde se seroit par là invinciblement lié au Nouveau, qui va insensiblement se détacher de lui, alors qu'il lui est si nécessaire pour son commerce et pour son industrie, ainsi que pour servir d'écoulement à son trop plein en population.

Ce projet pourroit encore s'exécuter, puisque l'Espagne n'a point renoncé à son droit de souveraineté sur ces contrées. Tout le monde, à l'exception de quatre ou cinq familles qui se sont emparées du pouvoir, y gagneroit; les employés conserveroient le poste qu'ils occupent sous les gouvernemens actuels, et les peuples, d'accord avec leur roi, se donneroient les lois qui leur conviennent. Les Etats-Unis en seroient contrariés sans doute, vu qu'ils ne pourroient plus se jouer impunément des puissances européennes, comme ils le font, et le feront encore plus dans la suite.

Un journal dont je partage entièrement les doctrines, en rendant compte de ma brochure, m'a demandé ce que je ferois dans le cas où les Américains ne consentiroient point à cet arrangement, et puisque j'admettois l'intervention armée, pourquoi ne sollicitois-je pas qu'elle fût employée à soumettre ce peuple à la mère patrie. Je répondrai que l'Europe, l'Angleterre comprise, car je suis persuadé qu'elle s'exécuteroit de bonne grâce si elle voyoit qu'on a la ferme volonté de l'y contraindre, feroit valoir les droits incontestables que l'Espagne est hors d'état de revendiquer; que les sacrifices à faire pour cette expédition seroient mille fois compensés par les bénéfices immenses qu'on en retireroit à l'avenir, tandis qu'en remettant intégralement l'Amérique à l'Espagne elle en useroit comme par le passé, la rendroit malheureuse en achevant de se ruiner. Les monarques légitimes ne doivent rien entreprendre qui n'ait un but juste, utile et humain.

La question que je viens de traiter exige des développemens plus étendus; mais les feuilles publiques de ce jour se sont expliquées si positivement sur le résultat prochain des négociations qui ont lieu sur la reconnoissance de l'émancipation de Saint-Domingue, que je me suis hâté de rédiger cet opuscule, craignant d'ar-

river après que tout seroit terminé. Ce n'est
pas que j'aie le moindre espoir de changer en
rien les résolutions qui doivent être prises, ni
l'idée que chaque particulier s'est faite à ce
sujet. Je n'ignore pas que lorsque trente années de troubles intestins ont fait naître parmi
un peuple diverses opinions politiques, oppo-
sées de principes et de doctrines, lesquelles
se divisent ensuite en une infinité de nuances :
le vrai, le faux, l'absurde, le raisonnable,
l'utile ou le désastreux, sont accueillis avec la
même faveur ou la même indifférence, trou-
vant également des prôneurs et des détrac-
teurs. La seule distinction qui existe pour le
succès d'un ouvrage, consiste presque toujours
dans la fortune ou l'importance sociale de l'é-
crivain, ou dans la précaution qu'il met à se
conformer entièrement aux préjugés des
hommes prépondérans d'un parti ; s'il se borne
à exprimer ses propres sentimens, il risque
fort de ne contenter personne et d'échouer
complètement. Néanmoins, j'ai cru devoir ma-
nifester ma façon de voir sur un sujet d'où
dépend la prospérité de la France, et je suis
fondé à la croire bonne, puisque j'ai souvent
eu la satisfaction de voir mes prédictions s'ac-
complir avec une rare exactitude.

# NOTE.

(*) J'avoue qu'ils seroient de grands sots de payer cette indemnité ; car si nous redoutons de leur faire la guerre, quand il s'agit du triomphe des principes qui servent de fondemens aux trônes, et de la propriété de cette colonie, qui seroit pour nous d'un prix inestimable, il est bien évident que nous ne l'entreprendrons pas pour 150 millions : l'expédition qui aujourd'hui ne se monteroit qu'à peu de chose, coûteroit au-dessus de cette somme. Notez que le paiement ne devant s'effectuer qu'en dix ou vingt années, pendant ce laps de temps, eux se seront renforcés, tandis que nous, quelque événement inattendu nous aura ôté la possibilité de faire des armemens maritimes d'une telle importance. Ainsi les principes auront été violés, la colonie et les dédommagemens promis seront perdus, et notre commerce se trouvera anéanti.

FIN.